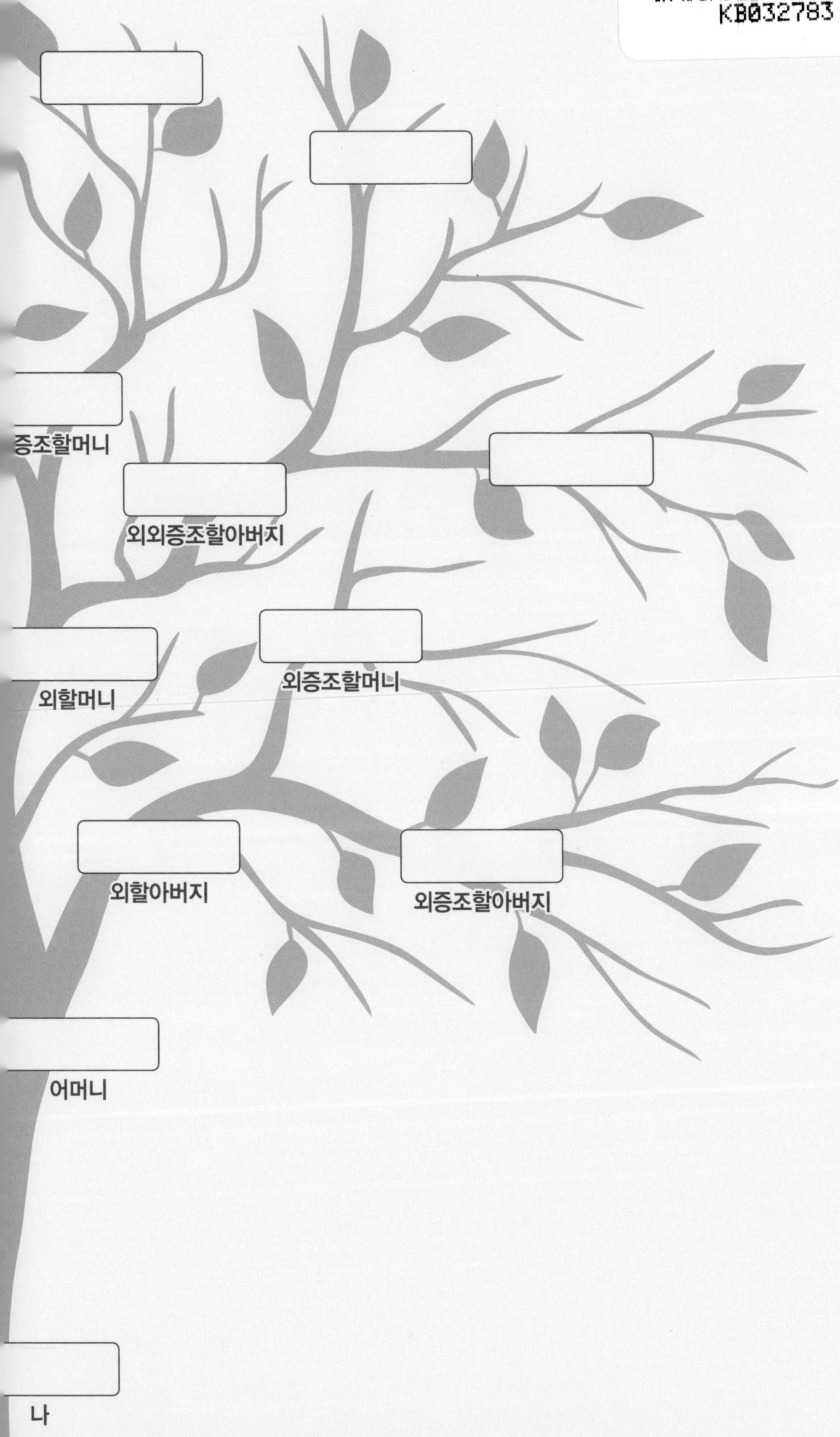
증조할머니
외외증조할아버지
외할머니
외증조할머니
외할아버지
외증조할아버지
어머니
나

아들딸을 위한

엄마 자서전

늘봄

이 도서의 국립중앙도서관 출판예정도서목록(CIP)은 서지정보유통지원시스템 홈페이지(http://seoji.nl.go.kr)와
국가자료공동목록시스템(http://www.nl.go.kr/kolisnet)에서 이용하실 수 있습니다.(CIP제어번호: CIP2016023159)

아들딸을 위한 **엄마** 자서전

지은이 / 조은경
펴낸이 / 조유현
편　집 / 이부섭
디자인 / 박민희
펴낸곳 / 늘봄

등록번호 / 제300-1996-106호 1996년 8월 8일
주소 / 서울시 종로구 동숭4길 9 (동숭동 19-2)
전화 / 02)743-7784
팩스 / 02)743-7078

초판발행 / 2016년 10월 15일

ISBN 978-89-6555-047-1 04800
978-89-6555-048-8(세트)

illusted by Freepik.com

※ 값은 표지에 있습니다.

아들딸을 위한

엄마 자서전

________________ 지음

사랑하는

______________________ 에게

아들딸을 위해서

엄마 자서전을 시작하려 합니다. 보통 엄마의 일생은 그 중심에 아이들이 놓여있습니다. 그래서 이 책도 쓰다보면 자서전이 아니라 아이들 육아일기 아닌가 싶기도 합니다. 이 책의 독자도 물론 우리 아이들입니다.

엄마 자서전의 첫 문장은 이름을 적는 것으로 시작합니다. 요즘 우리 아이들은 부모님 이름은커녕 자신의 이름조차 한자로 쓸 줄 모른다고 합니다. 그래서 아이들 이름은 물론, 외할아버지와 외할머니 성함도 한자로 적어보는 난을 만들었습니다.

어느 집이나 아이들과 말로 소통하기 힘듭니다. 엄마를 무시하는 사춘기 딸에게, 컴퓨터 게임에 빠져 돌덩이 같은 아들에게 잔소리 대신 엄마의 마음과 생각을 글로 책으로 전해주세요. 엄마도 소중한 인생이 있다는 것을 알려주세요. 언제 어디서 태어났으며 학창시절에는 어떤 꿈을 안고 어떻게 공부했는지, 좋아하는 음식도 있고, 좋아하는 가수와 노래는 누구인지 알려주세요. 아빠와 어떻게 만났으며 너희들이 태어났을 때 얼마나 기뻤는지, 키우면서 무엇이 힘들었고 힘이 되었는지, 지금은 어떤 말에 상처를 받는지도 아이들도 남편도 말해주어야 압니다.

써 나가시면서 모자란 칸은 매 장마다 마련된 빈 페이지에 이어서 쓰시면 됩니다. 불필요한 질문은 건너뛰시고 그 자리에 개인적으로 필요한 질문

을 추가하세요. 먼저 연필로 쓴 다음 그 위에 만년필로 쓰세요. 만년필이 의외로 잘 써집니다.

양해드릴 말씀은, 부록으로 첨부된 「사전의료지시서」와 「장기기증 희망서약서」 입니다. 자녀에게 주는 책으로 불편하시다면 잘라내고 사용하세요.

> "행복한 가정의 모습은 모두 비슷하지만, 불행한 가정의 모습은 제각기 다르다."

톨스토이의 소설 《안나 카레니나》의 첫 문장입니다. 엄마가 행복한 바로 그 모습, 그저 가족들 건강하고 화목한 것 말입니다. 이 책을 통해 온가족이 한자리에 모여 웃고 떠들 수 있는, 모두에게 행복하고 소중한 시간이 만들어지길 기대합니다. 나아가 이 책을 통해 엄마의 진심이, 엄마의 소망이 아이들에게 전달되고 아이들의 고민도 들을 수 있는 시간이 될 수 있으면 더욱 좋겠습니다.

2016년 가을 琴硯齋(금연재)에서

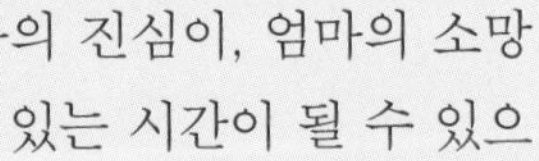

차 례

이름과 전통

자신의 가장 잘 나온 사진을 붙여주세요.
책 표지로 사용하거나, 가족・친구에게 주거나,
신문・SNS에 올릴 수 있는 사진을 골라주세요.
날짜와 장소, 내용도 적어주세요.

엄마의 생일과 이름

이름 / 한자

생년월일 / 혈액형 / 종교

태어난 장소 (역사적 지리적 상황 등)

호, 아명, 애칭, 별명과 그 의미

엄마의 예쁜 사인 *Sign*

엄마가 사용하는 도장들

Don't be lion in your house.
집에서 사자 노릇을 하지 말라. – 체코 속담

엄마의 부모님 소개
(외할아버지와 외할머니)

외할아버지 성함(한자) / 생일 (~)

외할머니 성함(한자) / 생일 (~)

두 분의 결혼기념일

두 분의 고향과 지금(마지막) 살고 계신 곳

두 분에 대한 소개(하시던 일, 교육 방법, 종교, 소망, 존경하는 이유 등)

- 외할아버지는

- 외할머니는

외할아버지, 외할머니의
사진을 붙여주세요.

아빠의 부모님 소개
(할아버지와 할머니)

할아버지 성함(한자) / 생일 (~)

할머니 성함(한자) / 생일 (~)

두 분의 결혼기념일

두 분의 고향과 지금(마지막) 살고 계신 곳

두 분에 대한 소개(하시던 일, 교육 방법, 종교, 소망, 존경하는 이유 등)

- 할아버지는

- 할머니는

할아버지, 할머니의
사진을 붙여주세요.

엄마의 형제(3촌)들 소개

이름 (관계:) / 배우자

자녀(4촌)

이름 (관계:) / 배우자

자녀(4촌)

이름 (관계:) / 배우자

자녀(4촌)

이름 (관계:) / 배우자

자녀(4촌)

엄마 형제자매들과 함께 찍은
사진을 붙여주세요.

우리 가문의 역사와 전통

가문 성씨의 본관과 파 소개

가문의 시조

가문의 역사적 인물

가훈

구전되는 조상에 대한 이야기

외할아버지의 형제자매와 주요 친척들의 이름과 관계

이름 ______ / 호칭 ______

이름 ______ / 호칭 ______

이름 ______ / 호칭 ______

이름 ______ / 호칭 ______

이름 ______ / 호칭 ______

이름 ______ / 호칭 ______

One mother is more than a hundred schoolmasters.

백 명의 스승보다 한 명의 어머니가 낫다.

우리 집안의 제사와 명절

제사와 명절을 지내는 방법 (장소, 함께 하는 분 등)

우리집 제삿날과 그때 추모하는 분

/

/

우리집 명절 음식과 특별한 행사

우리집 전통음식 레시피

비법을 전해주신 분 : ____________

비법을 물려받을 분 : ____________

재료 : ____________

요리비법 : ____________

A mother's heart is always with her children.

어머니의 마음은 항상 아이들과 함께 있다.

어린시절, 학창시절
그리고 청춘

엄마 어린 시절

어린 시절 최초의 기억

어린 시절 고향의 풍경 (놀이터, 상점, 파출소, 학교 등)

어린 시절 기억나는 집안의 물건, 숨기놀이 장소

어린 시절 가장 친했던 친구 이름과 즐겨했던 놀이 (민속놀이 포함)

어린 시절 부모님께 받았던 기억나는 선물

특별히 아팠던 기억, 잊히지 않는 경험담

어린 시절 부모님에게 칭찬받고 자랑스러웠던 일

A husband with one eye is rather than one son.
애꾸눈 남편이 아들보다 낫다.

엄마 어린 시절

어린 시절 부모님을 속상하게 했고 부끄러웠던 일

어린 시절 억울했던 일 그리고 나의 고백

부모님이 항상 강조하시던 격언, 충고의 말들

어린 시절의 꿈, 하고 싶었던 일

엄마는 누구를 닮았나

초등학교 입학 전
사진을 붙여주세요.

엄마의 초등학교 시절

초등학교 이름

위치 및 등교방법

기억나는 친구들 이름

기억나는 선생님 이름과 이유

가장 좋아했고 잘했던 과목

재미있고 슬펐던 추억

(OO쪽에서 이어짐)

소풍 때 찍은
사진을 붙여주세요.

엄마의 중고등학교 시절

중학교 이름

위치 및 등교방법

고등학교 이름

위치 및 등교방법

가장 좋아했고 잘했던 과목

가장 싫어하고 못했던 과목

기억나는 친구들 이름

기억나는 선생님 이름과 이유

엄마의 중고등학교 시절

자주 싸가던 도시락 반찬과 간식거리는 어떤 것들이 있었나

당시 존경하던 인물, 롤모델

장래희망, 직업관

엄마의 짝사랑 혹은 즐거웠거나 슬펐던 에피소드

당시 유명했던 소설이나 영화, 대중스타에 대해서

고등학교 시절
사진을 붙여주세요.

엄마의 청춘, 대학시절

대학교 이름 / 전공

입학/졸업년도 ~

대학시절 에피소드

20대 시절 무엇을 하였고, 어떤 고민과 계획을 가졌는지

20대 시절 많은 시간 노력했거나 즐겨했던 일

엄마의 이상형과 연애 이야기

수학여행 때
사진을 붙여주세요.

(OO쪽에서 이어짐)

대학시절, 또는 청춘시절
사진을 붙여주세요.

엄마의 일과 직장

첫 직장과 하셨던 일, 월급, 주 사용처 (당시 버스요금 등과 비교해서)

당시 오피스룩, 헤어스타일은

다시 태어난다면 꼭 해보고 싶은 일

직장에서 찍은
사진을 붙여주세요.

가족의 탄생

아빠와의 첫 만남

아빠의 인적사항

이름 / 한자

이름을 지어주신 분

생일 / 태어난 곳

아빠의 성격

아빠를 신나게 하는 것

아빠를 화나게 하는 것

아빠 쪽 형제와 주요 친척

이름 ________ / 호칭 ________

이름 ________ / 호칭 ________

이름 ________ / 호칭 ________

이름 ________ / 호칭 ________

이름 ________ / 호칭 ________

이름 ________ / 호칭 ________

Marriage is easy, housekeeping is hard.
결혼하기는 쉬워도 살림하기는 어렵다.

아빠와의 첫 만남

아빠와 첫 만남 (언제 어디서 등 육하 원칙과 그때의 순간을 자세히)

데이트 장소와 방법, 아빠와의 첫 키스 추억

아빠의 첫인상과 '이 남자다' 싶었던 아빠의 매력

언제, 어떻게 결혼을 결심하게 되었는지, 프로포즈 방법

아빠를 처음 소개했을 때 외할머니, 외할아버지의 반응

결혼한다고 했을 때 집안, 종교 등 문제는 없었는지

여성들은 자녀를 키우느라 끊임없이 시달려서 정신이 없으면서도
어떻게 이리 짜릿한 일이 있을 수 있는지 놀라워한다. – 안나 퀸드랜

엄마와 아빠의 결혼식

날짜 / 장소

주례자 및 사회자

주례자 및 부모님께 들은 축복의 말씀

축가, 함들이 등 결혼 관련 에피소드

신혼여행의 추억

엄마아빠 연애시절
사진을 붙여주세요.

(OO쪽에서 이어짐)

엄마아빠 결혼식
사진을 붙여주세요.

엄마와 아빠의 결혼 생활

결혼 생활 중 두 번 째로 좋았을 때

결혼 생활 중 가장 어려웠던 때

엄마 아빠가 다툴 때 주요 이슈와 화해 방법

엄마가 아빠에게 바라는 것

최근 아빠와 함께 한 외식, 영화(공연) 관람, 여행 등을 써주세요

(OO쪽에서 이어짐)

신혼여행, 또는 두분의 여행
사진을 붙여주세요.

(아이 이름) 탄생

(　　　) 태어난 날 / 태어난 곳

몸무게 / 키 / 머리둘레

이름 / 한자

이름의 뜻 / 이름 지어주신 분

따로 부르던 별명, 애칭

(　　　) 태어나던 해 국내외 큰 사건사고

(　　　) 형제들의 이름(한자)과 생년월일

이름 ______ / 한자 ______

생년월일 ______ / 혈액형 ______

이름 ______ / 한자 ______

생년월일 ______ / 혈액형 ______

이름 ______ / 한자 ______

생년월일 ______ / 혈액형 ______

East or west, home is best.
동쪽 서쪽에 가 봐도 내 집이 최고.

육아 일기

(아이 이름) 한두 살 때

성격

첫돌까지 특별히 좋아하던 것

울음을 그치게 했던 엄마 아빠의 비법

도리도리 짝짜꿍을 시작한 때

처음 일어선 때

첫 번째 이가 난 때

초음파 사진 또는
태어났을 당시 사진을 붙여주세요.

(아이 이름) 한두 살 때

처음 기기 시작한 때

걸음마를 처음 한 때

불러주던 자장가

좋아한 음식과 싫어한 음식

처음 말한 단어

배냇머리를 처음 잘라 준 때

아이의 백일 때
사진을 붙여주세요.

(아이 이름) 돌잔치

돌잔치 장소

돌잡이 물건

돌잔치 때 오신 분들과 받은 선물

기억나는 행사들

아이의 돌 때
사진을 붙여주세요.

(아이 이름) 세 살 때

몸무게 / 키

흥얼거리던 문장이나 말

잠에서 막 깼을 때 처음 했던 행동

특별한 버릇이나 몸짓

아이의 세 살 때
사진을 붙여주세요.

(아이 이름) 네다섯 살 때

어린이집 이름

어린이집 선생님 이름

집에 와서 자주 이야기하던 친구 이름

좋아하던 TV 프로그램

아이의 네다섯 살 때
사진을 붙여주세요.

(아이 이름) 여섯일곱 살 때

유치원 이름과 유치원 학예회 때 맡았던 역할

처음 앞니가 빠졌던 날

좋아한 그림책과 집에서 즐겨한 놀이

놀러가기 좋아한 곳

처음 집에 데리고 온 친구 이름

아이의 여섯일곱 살 때
사진을 붙여주세요.

(아이 이름) 초등학교 시절

초등학교 이름

1학년 반 번 / 담임선생님 이름

1학년 입학할 때 키 / 몸무게

6학년 졸업할 때 키 / 몸무게

시력 좌, 우 / IQ

달리기 성적 / 좋아하던 운동

좋아했던 과목 / 싫어했던 과목

특별히 재능을 보였던 것

아이의 초등학교 시절
사진을 붙여주세요.

(아이 이름) 초등학교 시절

저학년 때 장래희망

고학년 때 장래희망

/

제일 친한 친구

좋아하던 위인

좋아하던 대중스타

두발 자전거는 몇 살 때 누구에게 배웠나

수영은 몇 살 때 누구에게 배웠나

예뻐하던 동물 / 잘 부르던 노래

아이의 초등학교 시절
사진을 붙여주세요.

(아이 이름) 중학교 시절

(자녀와 함께 작성하세요)

중학교 이름

좋아하고 잘했던 과목 / 싫어하고 못했던 과목

특별히 기억나는 선생님

잘 어울렸던 친구나 경쟁하던 친구

큰 상을 받았거나 말썽부렸던 일

공부보다 좋아했던 것

좋아하던 노래나 소설, 즐겨먹던 음식, 군것질

아이의 중학교 시절
사진을 붙여주세요.

(아이 이름) 고등학교 시절

(자녀와 함께 작성하세요)

고등학교 이름

좋아하고 잘했던 과목 / 싫어하고 못했던 과목

특별히 기억나는 선생님

잘 어울렸던 친구나 경쟁하던 친구

공부보다 좋아했던 것

좋아하던 노래나 소설, 즐겨먹던 음식, 군것질

즐겨하던 취미생활

아이의 고등학교 시절
사진을 붙여주세요.

(아이 이름) 중고등학교 시절

(자녀와 함께 작성하세요)

기억나는 유별나고 힘들었던 사춘기적 행동들

그때 (　　　　)에게 자주했던 잔소리

(　　　　)가 가장 아팠던 때

(　　　　) 중고등학교 때 엄마 아빠가 가장 기뻤던 일, 슬펐던 일

(　　　　)에게 권했던 장래직업과 이유

아이의 사춘기 때
사진을 붙여주세요.

추억과 소망

엄마의 추억

엄마가 겪었거나 영향을 받은 역사적 사건

어렸을 때 겪은 천재지변이나 사건사고

잊을 수 없는 여행, 좋았던 여행

지금 꼭 가보고 싶은 곳과 이유

옛날 살던 집에서 찍은
사진을 붙여주세요.

엄마의 추억

할아버지, 할어머니, 아빠, 자녀에게 상처받았던 말이나 행동

인생에서 가장 고마운 분과 이유

큰 신세를 진 분, 돈 빌려주고 못 받은 적이나 크게 도움을 준 분

고마운 분과 함께 찍은
사진을 붙여주세요.

엄마의 취미

가장 좋아하는 운동이나 취미활동

앞으로 해보고 싶은 운동이나 취미활동

특별히 수집하는 물건이 있다면 (우표, 동전, 골동품, 미술작품, 음반, 책, 프라모델 등)

현재 소장하고 있는 것 중 가장 소중한 물건은

취미와 관련된 사진을 붙여주세요.

(OO쪽에서 이어짐)

소중한 물건
사진을 붙여주세요.

엄마의 종교, 정치적 성향

존경하는 인물이나 대통령, 지난 선거 때 투표한 후보

- 외국:

- 국내:

- 대통령:

애독하는 신문이나 잡지

종교와 신앙생활에 대해서

A father lives after death in his son.
아버지는 죽어서도 그 아들 속에 살아있다.

엄마가 좋아하는 것들

감명을 받았거나 자녀에게 추천하고픈 책 3권

감명 받았던 영화 3개, 대사 등

잘 부르는 노래는

가장 좋아하는 음식

한식 : / 중식 :

양식 : / 일식 :

기타 :

못먹거나 싫어하는 음식

가족들이 제일 좋아하는 엄마의 음식

가장 자신있는 요리와 레시피

Father's virtue is the best heritage for his child.
아버지의 덕행은 최상의 유산이다.

엄마가 좋아하는 것들

자주 가는 카페 혹은 식당

가장 좋아하는 것들

꽃 : / 동물 : / 색깔 :

계절 : / 음악 : / 뮤지컬 :

드라마 : / 대중 스타 : / 예술가 :

기타 :

지금 정기적으로 참여하는 일이나 모임

見利思義(견이사의)
눈앞에 이익이 보일 때 의를 생각하라.

근래 자주 만나는 지인들

이름 : / 관계 :

연락처 : / 메일 :

이름 : / 관계 :

연락처 : / 메일 :

이름 : /관계 :

연락처 : / 메일 :

이름 : /관계 :

연락처 : / 메일 :

지인들과 함께 찍은
사진을 붙여주세요.

(OO쪽에서 이어짐)

친구분과 찍은 다정한 사진을 붙여주세요.

에필로그

엄마의 종교

엄마의 종교와 지금 출석하는 곳

언제 어떻게 종교를 가지게 되었는지

애창하는 성가와 경전 구절은

신앙과 관련하여 자식들에게 바라는 것

지금 하고 있는 봉사활동은

종교나 봉사활동
사진을 붙여주세요.

현재와 미래

노후준비는 어떻게

꼭 가보고 싶은 여행지

다시 태어난다면 꼭 하고 싶은 일

복권에 당첨된다면 하고 싶은 일

지금 특별히 아픈 곳이 있거나 질병에 관한 가족력과 주의사항

가족들이 서로 맺어져 하나가 되어 있다는 것이
정말 이 세상의 유일한 행복이다. – 퀴리부인

자녀들에게
꼭 해주고 싶은 이야기

우리 집안의 자랑, 장점은

자녀들에게 미안했거나, 칭찬해주고 싶었던 일

가족에 대한 엄마의 미래 계획은

자녀들의 학업과 미래에 대해 갖는 기대

부모 배 속에는 부처가 들어 있고 자식 배 속에는 범이 들어 있다.

(OO쪽에서 이어짐)

년　　월　　일

서명

가족사진을 붙여주세요.

부 록

사전 의료 지시서

작은 장례 실천서약서

사전의료지시서

이 름 : ____________ / 주민등록번호 : ______________________

주 소 : ______________________________________

위 본인은 현재 위 주소지에 거주하고 있으며, 맑은 정신인 상태에서 의료 상 어떤 부득이한 사정으로 인해 본인의 자의적 의사표시가 불가능해질 경우를 대비해 본인을 치료하는 담당 의사와 가족들에게 '사전 의료 지시서'를 아래와 같이 남기니 본인의 소망대로 실행해주기 바람.

- 아 래 -

본인이 의식이 없어진 상태가 되더라도

1. 기도삽관, 기관지 절개술 및 인공기계 호흡 치료법을 시행하지 말 것.
2. 항암 화학요법을 시행하지 말 것.
3. 인공영양법, 침습적인 치료술을 시행하지 말 것.
4. 탈수와 혈압 유지를 위한 수액요법과 통증관리 및 생리기능 유지를 위한 완화치료는 계속 희망하지만,
5. 임종 시 혈압상승제와 심장 소생술은 하지 말 것.
6. 그 외 여기에 기술되지 않은 의료 내용은 '대한의학회'에서 공인하고 있는 최근 '임종환자 연명치료 중단에 관한 의료지침'에 따라 결정하고 의료진과 가족 그리고 법의 진행인은 본인의 자유로운 의사로 기술한 이 지시서와 환자로서의 본인의 권리를 존중해주기 바람.

위에 기술한 본인의 '사전 의료 지시서'의 내용이 누구에 의해서도 변형되지 않기를 원하며, 이 지시서가 법적인 효력을 유지하고 담당 의료진의 법적 면제와 보호권을 구비하는 데 도움이 되기를 소망함.

20_____년 _____월 ______일

[본 인] 이름 : _____________ 지장: ______________

[가족증인] 이름: _____________ 날인: _________ 관계: _____________

※ **자세한 사항은 병원이나 관계기관에 문의하세요.**

장기기증희망서약서

성 명		주민등록번호	–
주 소			
혈 액 형	(Rh + / –)	E-Mail	
전화번호 (휴대폰)		기타전화	
신 장	cm	체 중	kg
직 업		결혼여부	□미혼 □기혼
학 력		종 교	
기증 희망 동기	□TV □라디오 □신문 □잡지 □늘봄 자서전 시리즈 □헌혈을 계기로 □인터넷 □주위의 권유 □기타		

기증형태	□뇌사 시 기증하겠습니다.(신장 간장 췌장 심장 폐 각막) □사망 시 기증하겠습니다.(각막만 기증이 가능합니다.) □뇌사 또는 사망 시 모두 기증하겠습니다.

본인은 심사숙고 끝에 생명을 나눈다는 숭고한 사랑의 정신을 바탕으로 뇌사 또는 사후에 본인 신체의 일부를 고통 받는 이웃을 위해 나누고자 하며, 이 사실을 나의 가족에게 알려 훗날 이 서약이 지켜지도록 하겠습니다.

20_____년 _____월 ______일

이 름: ______________ 서명: _______________

등 록 기 관: ______________________

※ **자세한 사항은 병원이나 관계기관에 문의하세요.**

남편 입장에서 남편의 가족 호칭

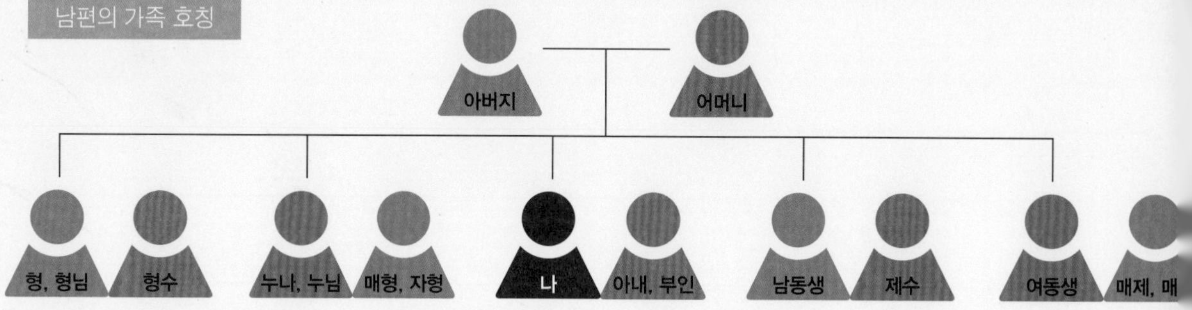

남편 입장에서 아내의 가족 호칭

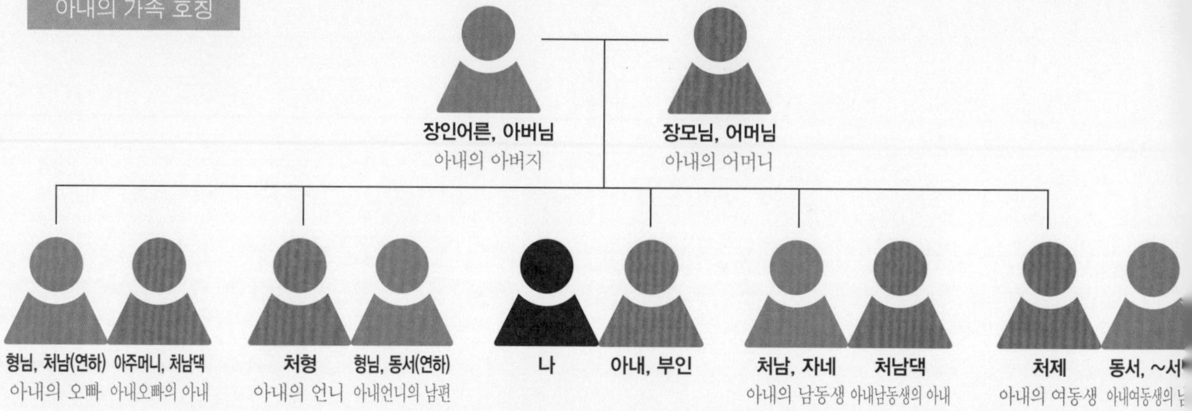

친가 가족 호칭

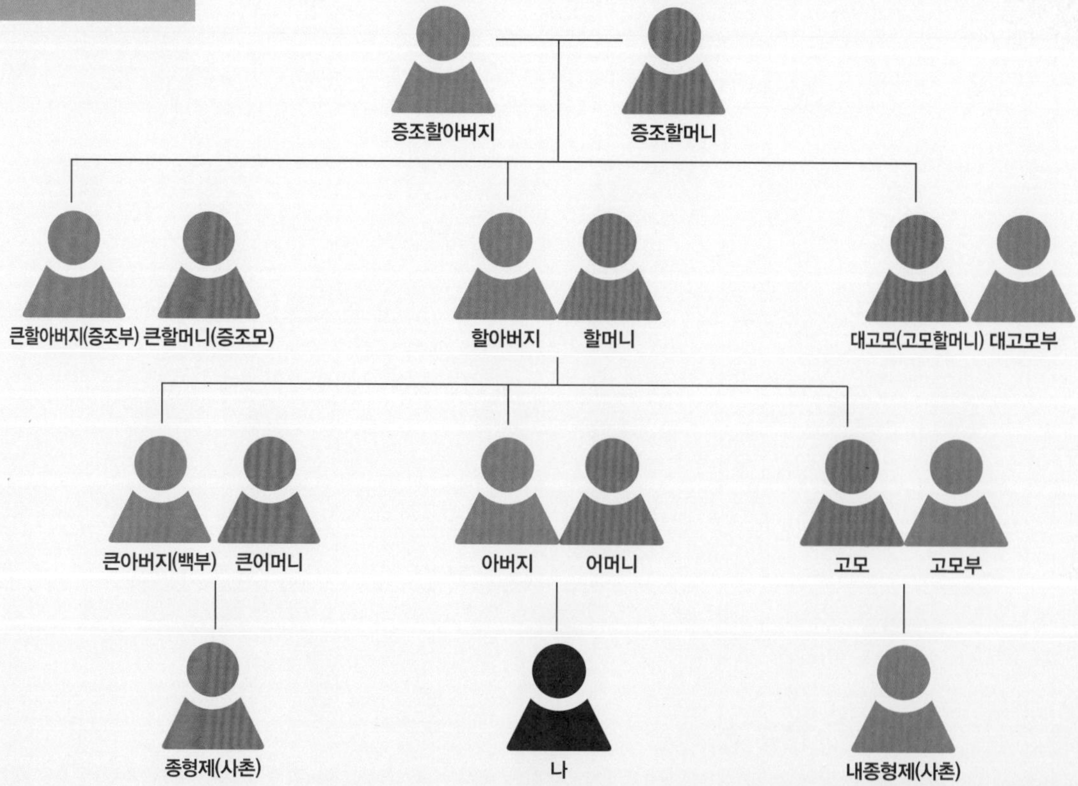